힘들면, 잠시 쉬어 가도 괜찮아

힘들면, 잠시 쉬어 가도 괜찮아

구성 | 한상현   펴낸이 | 최병섭   펴낸곳 | 이가출판사
초판1쇄발행 | 2016년 7월 15일
출판등록 | 1987년 11월 23일
주   소 | 서울시 영등포구 도신로 51길 4
대표전화 | 716-3767   팩시밀리 | 716-3768
E-mail | ega11@hanmail.net
ISBN | 978-89-7547-112-4 (03810)

힘들면, 잠시 쉬어 가도 괜찮아

구성 | 한상현

이가출판사

세상에서 가장 어려운 일은
사람이 사람의 마음을 얻는 일입니다.
각각의 얼굴만큼 다양한 각양각색의 마음을…
그 바람 같은 마음을…
머물게 한다는 것은
정말 어려운 일입니다.

여는 글을 대신하며

1

모든 것들을 놓아 본다

2
마음속으로 들어가 본다

3
가만히 보고만 있는다

4
잠시 쉬어 간다

힘들면,
잠시 쉬어 가도 괜찮아

1

모든 것들을 놓아본다

힘들면, 잠시 쉬어 가도 괜찮아

인생에는 늘 어떤 일이 일어난다

어떤 인생도
거침없이 조용하게 흐르는 일은 없다.
둑에 부딪치고
돌아가고
혹은 자기의 맑은 수면에
돌을 던지는 사람도 있다.
누구든 인생에는 늘 어떤 일이 일어난다.
그럴 때
자기 인생의 수면을 다시 맑게 하여
하늘과 땅이 비치도록
마음을 써야 한다.

디트리히 본회퍼 《옥중서간》 중에서

내가 이제야 깨달은 것은

내가 이제야 깨달은 것은
사랑을 포기하지 않으면
기적은 정말 일어난다는 것.
누군가를 사랑하는 마음은
숨길 수 없다는 것.
이 세상에서 제일 훌륭한 교실은
노인의 발치라는 것.
어렸을 때 여름날 밤
아버지와 함께 동네를 걷던 추억은
일생의 버팀목이 된다는 것.
삶은 두루마리 화장지 같아서
끝으로 갈수록 더욱 빨리 사라진다는 것.
돈으로는 인간의 품격을 살 수 없다는 것.
삶이 위대하고 아름다운 이유는
매일매일 일어나는 작은 일들 때문이라는 것.
마음의 상처를 치유하는 것은
시간이 아니라 사랑이라는 것.
부모님이 돌아가시기 전에 단 한번이라도
사랑한다는 말을 하지 못하는 것은
영원한 한이 된다는 것.

우리 모두는 다 정상에 서기를 원하고

그렇게 살고 싶어 하지만

행복은 그 산을 올라가는 과정의 시간 속에 있다는 것.

그런데 왜 우리는 이 모든 진리를

삶을 다 살고 나서야 깨닫게 되는 것일까.

살아온 길을 뒤돌아보면 너무나 쉽고 간단한데

진정한 삶은 늘 해답이 뻔한데

왜 우리는

그렇게 복잡하고 힘들게 살아가는 것일까.

페페(필리핀 신부가 불치병으로 삶을 정리하며 쓴 글)

우리에게 필요한 모든 것들

속을 든든하게 해줄 음식
해를 가릴 챙 넓은 모자
갈증을 풀어줄 시원한 물
따뜻한 밤을 위한 담요 한 장
세상을 가르쳐줄 선생님
발을 감싸줄 튼튼한 신발
몸에 잘 맞는 바지와 셔츠
포근한 보금자리와 작은 난로
우리를 사랑하는 사람들
우리가 사랑하는 사람들
내일을 위한 희망
마음을 밝혀줄 등불 하나.

스티브 터너

아무도 걸어본 적이 없는 그런 길은 없다

아무리 어둡고 험난한 길이라도
나 이전에 누군가는
이 길을 지나갔을 것이다.
아무리 가파른 고갯길이라도
나 이전에 누군가는
이 길을 넘어갔을 것이다.
아무도 걸어본 적이 없는 그런 길은 없다.
어둡고 험난한 이 세월이
비슷한 여행을 하는 모든 사람들에게
도움과 위로를 줄 수 있기를.

베드로시안

생각을 멈춰라

은혜와 자비로움에는 해처럼
어리석음을 눈감아 줄 때는 밤처럼
너그러울 때는 흐르는 물처럼
고통과 분노에는 죽음처럼
겸손함에는 지구처럼
자기 자신 그대로
그대로의 자신을 보여줘라.

오직 목마름이 물을 찾지 않으며
그 물도 목마른 누군가를 찾는다.
땅의 너그러움은 거름을 자라게 한다.
땅과 더 같아지도록 노력해야 한다.
목소리가 아닌 말을 키워라.
꽃을 자라게 하는 것은 천둥이 아니라 비다.

만약 목이 말라 물을 마신다면
컵 안에 하느님이 있는 것을 볼 것이다.
하느님을 사랑하지 않는 사람들에게는
오직 자신들의 얼굴만 보인다.

생각을 내려놓고 잠을 청하라.
마음속의 달에게 그늘이 지지 않도록 하라.

생각을 멈춰라.
당신이 힘든 시기를 보내고 있을 때
모든 것들이 당신을 등지고 있는 것처럼 보일 때
잠시도 참지 못할 것처럼 느껴질 때
절대 포기하지 마라.

터키의 어느 수피교도 현인

흔들림 또한 사람이 살아가는 한 모습이다

삶에 대한 가치관이 곧게 서 있어도
때로는 흔들릴 때가 있다.
가슴에 품어온 이루고 싶은 소망들을
때로는 포기하고 싶을 때가 있다.
긍정적이고 밝은 생각으로 하루를 살다가도
때로는 모든 것들이 부정적으로 보일 때가 있다.
정직함과 곧고 바름을 강조하면서도
때로는 양심에 걸리는 행동을 할 때가 있다.
따뜻한 사람들 틈에서 숨 쉬고 있는 순간에도
문득 심한 소외감을 느낄 때가 있다.
행복만이 가득할 것 같은 특별한 날에도
홀로 소리 없이 울고 싶은 날이 있다.
재미난 영화를 보며 소리 내어 웃다가도
웃음 끝에 스며드는 허탈감에 우울해질 때가 있다.
숨 막힐 정도로 할 일이 쌓여 있는 날에도
머리로 생각할 뿐 가만히 보고만 있을 때가 있다.
내일의 할 일은 잊어버리고 오늘만 보며
술에 취한 채 흔들리는 세상을 보고픈 날이 있다.
늘 한결같기를 바라지만 때때로 찾아오는 변화에
혼란스러운 때가 있다.

한 모습만 보인다고 하여

그것만을 보고 판단하지 말라.

사람의 마음이 늘 고요하다면

그 모습 뒤에는 분명 숨겨져 있는

보이지 않는 거짓이 있을 것이다.

가끔은 흔들려보며

때로는 모든 것들을 놓아본다.

그런 과정 뒤에 오는 소중한 깨달음이 있다.

그것은 다시 희망을 품은 시간들이다.

다시 시작하는 시간 안에는 새로운 비상이 있다.

흔들림 또한 사람이 살아가는 한 모습이다.

적당한 푸념과 비명을 지르며 살아야

진정 사람다운 사람이 아닐까.

롱펠로우

나무는 폭풍을 기다린다

굳건히 뿌리를 내린 나무는
폭풍이 불어오기를 기다린다.
그것은 하나의 도전이다.
폭풍이 불어 닥칠 때 나무는
자신이 얼마나 뿌리를 단단히 내렸는지 알게 되고
힘과 생명력을 느끼게 된다.
그래서 나무는 폭풍을 기다린다.
폭풍은 결코 적이 아니다.
모든 먼지와 좌절과 슬픔을 씻어가는
하나의 도전이다.
폭풍이 지나가고 나면
나무는 다시 축제를 시작하고
뿌리들이 살아 있음을 느끼며 다시 젊어진다.
폭풍은 나무를 한층 젊게 만든다.

오쇼 라즈니쉬

한 번에 하루치의 삶을 살아라

시간을 내어 돌을 들춰보고
그 아래서 살아가는 생명체들을 관찰하라.
그런 다음 돌을 제 위치로 돌려놓아라.

계절의 바뀜
날씨의 변화를 느껴라.
모든 기회마다 삶을 소중히 여겨라.
미지의 것을 받아들여 마치 새 담요로 몸을 감싸듯
그것으로 자신을 감싸라.

모든 것이 나쁠 때도 웃어라.
좋은 것을 바라보라.
웃음과 울음 사이에서 선택을 해야 한다면 웃음을 선택하라.

하지만 울음 역시 자연스럽고 건강한 것이다.
다른 길을 걷는 사람들을 존중하라.
한 번에 하루치의 삶을 살아라.
그럼으로써 모든 날들을 잘 활용하라.

〈인디언 방식으로 세상을 사는 법〉 중에서

세상에서 가장 어려운 일

세상에서 가장 어려운 일이 무엇인가.
글쎄….
돈 버는 일?
밥 먹는 일?
세상에서 가장 어려운 일은
사람이 사람의 마음을 얻는 일이다.
각각의 얼굴만큼 다양한 각양각색의 마음을….
순간에도 수만 가지의 생각이 떠오르는데
그 바람 같은 마음을 머물게 한다는 것은
정말 어려운 일이다.

생텍쥐페리

어둠 속에서는 차라리 눈을 감고

앞이 보이지 않을 때는 가만히 눈을 감고
어둠 속에서 길을 찾는 것이 좋습니다.
어둠을 볼 수 있게 하는 것은
더 깊은 어둠이기 때문입니다.

《채근담》 중에서

마음 마음 마음이여

마음 마음 마음이여,
알 수 없구나.

너그러운 때는
온 세상을 다 받아들이다가도
한번 옹졸해지면
바늘 하나 꽂을 자리 없구나.

달마

그러나 뒤로는 가지 않는다

내가 걷는 길은 험하고 미끄러웠다.

나는 자꾸만 미끄러져 길바닥 위에 넘어지곤 했다.

그러나 나는 곧 기운을 차리고 내 자신에게 말했다.

"괜찮아. 길이 약간 미끄럽긴 하지만 낭떠러지는 아니야."

나는 천천히 걸어가는 사람이다.

그러나 뒤로는 가지 않는다.

에이브러햄 링컨

하나를 잃으면 하나를 얻고

하늘이 장차 그 사람에게
큰 사명을 내리려고 할 때는
반드시 먼저 그의 마음을 괴롭게 하고
뼈와 힘줄을 힘들게 하며
육체를 굶주리게 하고
그에게 아무것도 없게 하여
그가 하고자 하는 모든 것과 어긋나게 합니다.
그리하여 그의 마음을 움직이고
참고 견디는 힘을 길러내
그가 할 수 없었던 일을
더 많이 할 수 있게 합니다.

《맹자》의 〈고자장구〉 중에서

바람은 그 소리를 남기지 않는다

바람이 성긴 대숲에 불어와도 지나가고 나면
그 소리를 남기지 않는다.
기러기가 차가운 연못에 머물다 지나가고 나면
그 그림자를 남기지 않는다.
그러므로 덕이 있는 사람은
일이 생기면 비로소 마음이 나타나고
일이 지나고 나면 마음도 따라서 비워진다.

사람들은 무엇이든 소유하기를 원한다.
눈을 즐겁게 해 주는 것
귀를 즐겁게 해 주는 것
마음을 즐겁게 해주는 것이면 가리지 않고
자기 것으로 삼기를 주저하지 않는다.

남의 것이기보다는 우리 것으로
그리고 우리 것이기보다는 내 것이기를 바란다.
나아가서는 내가 가진 것이 유일하기를 원한다.
그들은 인간이기 때문에
인간이기 위하여 소유하고 싶다고 거리낌 없이 말한다.
얼마나 맹목적인 욕구이며 맹목적인 소유인가.

보라!
모든 강물이 흘러 마침내는 바다로 들어가 보이지 않듯이
사람들은 세월의 강물에 떠밀려
죽음이라는 바다로 들어가 보이지 않게 된다.

소유한다는 것은 머물러 있음을 의미한다.
모든 사물이 어느 한 사람만의 소유가 아니었을 때
그것은 살아 숨쉬며
이 사람 혹은 저 사람과도 대화한다.

모든 자연을 보라.
바람이 성긴 대숲에 불어와도 지나가고 나면
그 소리를 남기지 않듯이
모든 자연은 그렇게 떠나고 보내며 산다.

하찮은 일에 집착하지 말라.
지나간 일들에 애틋한 미련을 두지 말라.
그대를 스치고 떠나는 것들을 반기고
그대를 찾아와 잠시 머무는 시간을 환영하라.

그리고 비워 두라.

언제 다시 그대 가슴에 새로운

손님이 찾아들지 모르기 때문이다.

《채근담》 중에서

몸이 굽으니 그림자도 굽다

몸이 굽으니 그림자도 굽은데
어찌 그림자 굽은 것을 한탄할 것인가.
나 이외에 아무도
나의 불행을 치료해 줄 사람은 없다.
불행은 내 마음이 만드는 것과 같이
내 자신이 치료할 수 있는 것이다.
마음을 평화롭게 가져라.
그러면 그대의 표정도 평화로워질 것이다.

파스칼

그물에 걸리지 않는 바람같이

욕망은 실로 그 빛깔이 곱고 감미로우나
이것은
재앙이고
종기이고
화이며
질병이며
화살이고
공포일지니
모든 번뇌의 매듭을 끊어버리고
소리에 놀라지 않는 사자같이
그물에 걸리지 않는 바람같이
흙탕물에 젖지 않는 연꽃같이
무소의 뿔처럼 홀로 가거라.

《숫타니파타》 중에서

저녁은 끝이 아니다

주변을 둘러보라.
저녁은 끝이 아니다.
아침이 시작이 아닌 것처럼 말이다.
아침은 저녁을 향해 나아가고
저녁은 아침을 향해 나아간다.
이렇게 모든 것은
끊임없이 돌고 돈다.

오쇼 라즈니쉬

아무것도 아닌 게 세상에는 많다

처음부터 겁먹지 말자.
막상 가보면 아무것도 아닌 게
세상에는 참으로 많다.
첫걸음을 떼기 전에는 앞으로 나아갈 수 없고
뛰기 전에는 이길 수 없다.
너무 많이 뒤돌아보면
크게 이루지 못한다.

요한 폰 쉴러

그대 삶이 아무리 남루하다 해도

그대 삶이 아무리 남루하다 해도
그것을 똑바로 받아들여 살아가라.
결코 피하거나 욕하지 말라.
부족한 것을 들추는 이는 천국에서도 마찬가지다.
가난하더라도 그대의 삶을 사랑하라.
그러다 보면 가난한 집에서도
즐겁고 마음 설레는
빛나는 시간을 갖게 되리라.
햇빛은 부자의 저택에서와 마찬가지로
가난한 집의 창가에도 비친다.
봄이 오면
그 문턱 앞에 쌓인 눈 역시 녹는다.

헨리 데이빗 소로우

그것이 무슨 인생인가

그것이 무슨 인생인가.
근심에 가득 차 가던 길 멈춰 서서
잠시 바라볼 시간조차 없다면.
나무그늘 아래 쉬고 있는 양과 소처럼
펼쳐진 풍경을 한가로이 바라볼 시간이 없다면.
숲을 지나다 수풀 속에서 도토리를 숨기는
작은 다람쥐들을 바라볼 시간이 없다면.
햇빛 눈부신 한낮, 마치 밤하늘처럼
별들 반짝이는 강물을 바라볼 시간이 없다면.
아름다운 여인의 다정한 눈길과 발에 이끌려
춤추는 그 고운 모습을 바라볼 시간이 없다면.
눈가에서 시작된 그녀의 환한 미소가
입가로 번질 때까지 기다릴 시간이 없다면.
얼마나 불쌍한 인생인가.
근심에 가득 차 가던 길 멈춰 서서
잠시 바라볼 시간조차 없다면.

윌리엄 헨리 데이비스

비에 지지 않고

비에 지지 않고 바람에도 지지 않고
혹독한 추위와 더위에도 지지 않는
튼튼한 몸을 가지고 욕심도 없고
절대 화내지 않고
언제나 조용히 미소 지으며 살고 싶네.

하루 현미 네 홉과 된장과 나물을 조금 먹으며
모든 일에 제 이익을 생각지 말고
잘 보고 들어 깨달아 그래서 잊지 않고
들판 소나무 숲속 그늘에
조그만 초가지붕 오두막에 살고 싶네.

동쪽에 병든 어린이가 있으면
찾아가서 간호해 주고
서쪽에 고달픈 어머니가 있으면
가서 그의 볏단을 대신 져 주고
남쪽에 죽어가는 사람 있으면
가서 무서워 말라고 위로하고
북쪽에 싸움과 소송이 있으면
쓸데없는 짓이니 그만두라 하며 살고 싶네.

가뭄이 들면 눈물을 흘리고
추운 겨울에는 허둥대며 걷고
누구한테나 바보라 불려지고
칭찬도 듣지 말고 괴로움도 끼치지 않는
그런 사람이 나는 되고 싶네.

미야자와 겐지

자신과 연애하듯이 살라

언제나 당신 자신과 연애하듯이 살라.
그대가 불행하다고 해서 남을 원망하느라
기운과 시간을 허비하지 말라.
어느 누구도 그대 인생에 변화를 줄 수는 없다.
그럴 수 있는 사람은 오직 당신뿐이다.

모든 것은 타인의 행동에 반응하는
스스로의 생각과 태도에 달려 있다.
모든 사람들이 현재의 자신과는 다른,
좀 더 중요한 사람이 되고 싶어 하지만
그런 헛된 노력에 매달리지 말라.
그대는 이미 중요한 사람이다.
그대는 그대 자신이다.
그대 본연의 향기로운 모습으로 존재할 때
비로소 행복해질 수 있다.

그대 본연의 모습에서 만족을 느끼지 못한다면
진정한 만족이란 결단코 불가능하다.
자부심이란 누구도 아닌 오직 그대만이
스스로에게 줄 수 있는 것이다.

그대 자신을 사랑하는 것은 중요한 일이다.
그대 어머니가 그대를 사랑하는 것 이상으로
스스로를 사랑하라.
언제나 그대 자신과 연애하듯이 살라.

어니 J. 젤린스키

힘들면,
잠시 쉬어 가도 괜찮아

2
마음속으로 들어가 본다

힘들면, 잠시 쉬어 가도 괜찮아

모진 마음

못된 사람의 모진 마음
오직
내가 너그러워야 받아들일 수 있다네.
비뚤어진 쟁기의 모습
오직
대지만이 견딜 수 있듯이.

인도 잠언시

삶을 바꿀 수 있는 힘

우리는 종종 나를 무시합니다.
나를 남과 비교해 내가 가지지 못한 것을 찾아냅니다.
그런 다음 나를 업신여기기도 하고
나를 질책하기도 하고 나를 못난이 취급합니다.

때로는 나의 능력을 과소평가해
시도해보지도 않고 포기하는 경우가 허다합니다.
쉽게 화를 내고 쉽게 흥분하면서
망가져 가는 나를 발견하게 됩니다.

삶을 바꿀 수 있는 힘은 내 안에 있는데
내 안에는 상상할 수조차 없는 많은 힘이 있는데
정작 내 안에 있는 것들은 살펴보지도 않고
남의 것에 눈을 돌립니다.

오늘 한번 내 안에 있는 것들을 살펴보십시오.
내 속에 무엇이 감춰져 있나
내가 무엇을 희망하고 있나.

틱낫한

완벽한 사람보다 빈틈 있는 사람이 좋다

이란에서는
아름다운 문양으로 섬세하게 짠 카펫에
흠을 하나 남겨 놓는다.
그것을 '페르시아의 흠' 이라 부른다.
인디언들은 구슬 목걸이를 만들 때
깨진 구슬 하나를 꿰어 넣는다.
그것을 '영혼의 구슬' 이라 부른다.
삶에서 소중한 것이 무엇인지 알게 되면
완벽함이 아니라 인간적인 것을 추구하게 된다.

레이첼 나오미 레멘

희망이란

희망이란
본래 있다고도 할 수 없고 없다고도 할 수 없다.
그것은 마치 땅 위의 길과 같은 것이다.
본래 땅 위에는 길이 없었다.
한 사람이 먼저 가고
걸어가는 사람이 많아지면
그것이 곧 길이 되는 것이다.

루쉰

나무에게 가보라

하늘에 닿기를 바라는 나무는
땅 속 가장 깊은 데까지 닿지 않으면 안 된다.
그 뿌리는 깊게 바로 지옥에까지 가지 않으면 안 된다.
그래야 비로소 그 가지가 그 끝이 천국에 닿게 되는 것이다.

외롭다거나 불안할 때 나무에게 가보라.
나무에게 이야기를 걸어보라.
나무를 만져보라.
나무를 안아보라.
나무를 느껴보라.
그저 나무 곁에 앉아 있어 보라.
당신은 나무에게 좋은 사람이며
상처를 주는 사람이 아니라는 것을
느끼게 해 보라.
그러면 나무와 당신 사이에 새로운 우정이 솟아날 것이다.
그리고 당신이 그 나무를 찾아가면
금방 모습이 변하는 것을 느끼기 시작할 것이다.
당신은 그것을 틀림없이 느낄 것이다.

오쇼 라즈니쉬

침묵의 시간

침묵의 시간은
모든 것을 질서 있게 처리하도록 할뿐더러
우리에게 힘을 안겨 준다.
우리는 누구나 바쁜 생활로부터
침묵의 시간을 만들 필요가 있다.
하루에 단 10분이라도 침묵의 시간을 떼어
해가 지는 모습이나
전등불이 하나씩 밤하늘을 밝히는 것을
구경할 필요가 있다.
우리에게는 꿈꿀 시간
회상할 시간
영원한 것과 대화할 시간이 필요하다.
우리를 진실한 사람이 되게 하는
시간이 필요하다.

그레디스 타버

진정 바라는 것

소란스럽고 바쁜 일상 속에서도 침묵 안에
평화가 있다는 사실을 기억하십시오.

포기하지 말고 가능한 모든 사람들과 잘 지내도록 하십시오.
조용하면서도 분명하게 진실을 말하고
어리석고 무지한 사람들의 말에도 귀를 기울이십시오.
그들 역시 할 이야기가 있을 테니까요.

목소리가 크고 공격적인 사람들을 피하십시오.
그들은 영혼을 괴롭힙니다.
자신을 다른 사람과 비교하면 자신이 하찮아 보이고
비참한 마음이 들 수도 있습니다.
더 위대하거나 더 못한 사람은 언제나 있기 마련입니다.

당신이 계획한 것뿐만 아니라
당신이 이루어 낸 것들을 보며 즐거워하십시오.
아무리 보잘것없더라도
당신이 하는 일에 온 마음을 쏟으십시오.
그것이야말로 변할 수밖에 없는 시간의 운명 안에서
진실로 소유할 수 있는 것이기 때문입니다.

사업상의 일에도 주의를 기울이십시오.
세상은 속임수로 가득하기 때문입니다.

그러나
세상에 미덕이 있다는 것을 모르고 지나치지는 마십시오.
많은 사람들이 높은 이상을 위해 애쓰고 있고,
삶은 영웅적인 행위로 가득 차 있기 때문입니다.

당신 본연의 모습을 찾으십시오.
가식적인 모습이 되지 마십시오.
사랑에 대해서 냉소적이 되지 마십시오.
아무리 무미건조하고 꿈이 없는 상태에서도
사랑은 잔디처럼 돋아나기 때문입니다.

나이 든 사람들의 충고는 겸손히 받아들이고,
젊은이들의 생각에는 품위 있게 양보하십시오.
갑작스러운 불행에서 자신을 보호하려면
영혼의 힘을 키워야 합니다.
그러나 쓸데없는 상상으로 스스로를 괴롭히지 마십시오.
많은 두려움은 피로와 외로움에서 생겨납니다.

자신에게 관대해지도록 노력하십시오.

당신은 나무나 별들과 마찬가지로 우주의 자녀입니다.
당신은 이곳에 머무를 권한이 있습니다.
그리고 당신이 느끼든 그렇지 못하든 우주는
그 나름의 질서대로 펼쳐지고 있습니다.

그러므로 하느님과 평화롭게 지내십시오.
당신이 그분을 어떻게 생각하든
당신의 노동과 소망이 무엇이든
시끄럽고 혼란한 삶 속에서도
영혼의 평화를 간직하십시오.
서로 속이고 힘들고 꿈이 깨어지기도 하지만
그래도 세상은 아름답습니다.
늘 평안하고 행복하려고 애쓰십시오.

맥스 어만(교황 요한 바오로 2세 집무실에 걸려 있던 글)

이런 사람이 되었으면 좋겠습니다

탁월한 사람이 되는 것도 좋겠지만
깊은 사람이 되었으면 좋겠습니다.
똑똑한 사람이 되는 것도 좋겠지만
품어주는 사람이 되었으면 좋겠습니다.
말을 잘하는 사람이 되는 것도 좋겠지만
듣는 걸 잘하는 사람이 되었으면 좋겠습니다.
자기 자신에게는 엄격하고
남한테는 관대한 사람이 되었으면 좋겠습니다.

그리고 자신이 가진 재주를 예리한 칼에 비교한다면
자신을 좋은 칼로 만드는 것도 중요하지만
그걸 칼집에 넣어 함부로 휘두르지 않는
그런 균형 잡힌 사람이 되었으면 좋겠습니다.

눈물의 의미를 아는 촉촉한 사람이 되고 싶습니다.
작은 일에 감격할 수 있는 그런 사람이 되고 싶습니다.
모든 일에 '다 그런 거야' 라고 메마른 눈빛으로
세상을 바라보는 건조한 사람은 싫습니다.
그저 감사하고 작은 일에 기뻐하며
슬픔의 눈물도 흘릴 줄 아는 그런 촉촉한 사람이고 싶습니다.

살아가노라면 끈기 있게 지속하기 어려울 때가 많이 있습니다.
고생스러울 때도 있고, 두려울 때도 있습니다.
피곤하고 아프고 화가 날 때도 있습니다.
그리고 몹시 실망할 때도 있습니다.

당신은 당신이 밟고 가야할 넓은 물 위를
다 밟고 싶지 않을 때가 있을 것입니다.
당신은 그만 모든 것을 포기하고
꿀꺽 꿀꺽 물을 마시며
빠져버리고 싶을 때가 있을지도 모릅니다.

그러나 참고 견디십시오.
가라앉지 말고 떠 있으십시오.
그러노라면 사정이 좋아질 것입니다.
왜냐하면
당신 자신이 사정을 좋게 만들 수 있는
그런 사람이기 때문입니다.

마사 메리 마고

마음 다스리기

나는
두려울 때
용감하게 앞으로 나아가리라.
열등감이 생기면
새 옷으로 갈아입으리라.
무력할 때
지난날의 성공을 떠올리리라.
거만해지면
지난날의 실패를 떠올리리라.
삶이 무의미해지면
나의 목표를 떠올리리라.
득의양양해 있을 때
내 경쟁자를 떠올리리라.
스스로 훌륭하다고 느낄 때
과거의 굴욕을 떠올리리라.
자만심에 가득 차면
나약했던 순간을 떠올리리라.
스스로 완벽하다고 느낄 때
고개를 들고 밤하늘의 별을 바라보리라.

오그만디노

물 위에 떠있는 연꽃처럼

세상 속에 살지만 그 위에 있어라.
강에 뿌리를 내리고 있지만
물 위에 떠있는 연꽃처럼.
세상을 즐겨라.
세상이 그대를 즐기도록 하지 말라.
그대 스스로가 세상을 즐겨라.
자신이 버렸다고 생각하지만
마음 한 구석에 남은 집착 때문에
마음이 불편하다면
그것 또한 마음속에 사념을 불러일으킬 것이다.

더글라스 보이드

두 번은 없다

두 번은 없다.
지금도 그렇고 앞으로도 그럴 것이다.
그러므로 우리는 아무런 연습 없이 태어나서
아무런 훈련 없이 죽는다.

우리가 세상이란 이름의 학교에서
가장 바보 같은 학생일지라도
여름에도 겨울에도 낙제는 없는 법.

반복되는 하루는 단 하루도 없다.
두 번의 똑같은 밤도 없고
두 번의 한결같은 입맞춤도 없고
두 번의 똑같은 눈빛도 없다.

어제 누군가 내 곁에서
네 이름을 큰 소리로 불렀을 때
내게는 마치 열린 창문으로
한 송이 장미꽃이 떨어지는 것 같았다.

오늘 우리가 이렇게 함께 있을 때
나는 벽을 향해 얼굴을 돌려버렸다.
장미? 장미가 어떤 모양이었지?
꽃이었던가? 돌이었던가?

힘겨운 나날들.
무엇 때문에 너는
쓸데없는 불안으로 두려워하는가.
너는 존재한다 – 그러므로 사라질 것이다.
너는 사라진다 – 그러므로 아름답다.

미소 짓고 어깨동무하며
우리 함께 일치점을 찾아보자.
비록 우리가 두 개의 투명한 물방울처럼
서로 다를지라도….

비슬라바 쉼보르스카

등불 하나씩 있으면 좋겠다

사람의 일생에는
수많은 정거장이 있어야 한다.
바라건대 그 모든 정거장마다
안개에 묻힌 등불 하나씩 있으면 좋겠다.

든든한 어깨로 울부짖는 바람을 막아줄 사람이
다시없을지라도
꽁꽁 언 손을 감싸줄 하얀 머플러가
다시없을지라도
등불이 오늘 밤처럼 밝았으면 좋겠다.

빙설로 모든 길이 막혀도
먼 곳을 향해 떠나는 사람은 반드시 있으리라.

수많은 낮과 밤을 붙잡든 놓쳐버리든
내게 조용한 새벽 하나를 남겨놓고 싶다.
구겨진 손수건을 축축한 벤치 위에 깔고
너는 파란 수첩을 펼친다.

망고나무 아래 지난밤 빗소리가 남아 있다.
시 두 줄 달랑 적고 너는 떠나겠지.
그래도 나는 기억할 수 있다.
호숫가 작은 길에 쓰인 너의 발자국과 그림자를.

헤어짐과 다시 만남이 없다면
떨리는 가슴으로 기쁨과 슬픔을 끌어안을 수 없다면
영혼은 무슨 의미가 있을까.
인생은 또 어떤 이름일까.

수팅

친구가 아닌 사람은 없다

땅 끝까지 갔어도
바다 저 너머까지 갔어도
하늘 끝까지 갔어도
산 너머까지 갔어도
친구가 아닌 사람을 만난 적이 없다.

아메리카 인디언 나바호족의 잠언

그 옛 겨울의 일요일들

일요일에도 아버지는 일찍 일어나
그 검푸른 추위 속에 옷을 입고는
한 주 동안 모진 날씨에 일 하느라
갈라져 쑤시는 손으로 잿더미 속의 불을 다시 살려 놓았다.
아무도 고마워하지 않았다.

나는 잠에서 깨어 추위가 쪼개지는 소리를 들었다.
방들이 따뜻해지고 나서야 아버지는 부르셨다.
나는 느릿느릿 일어나 옷을 주워 입고
그 집의 만성적인 노여움이 두려워
그 분에게 건성으로 말을 건네고는 했다.
추위를 몰아내주고 내 좋은 구두까지 닦아놓으신
아버지에게 말이다.

내가 그때 어찌, 어찌 알았을 것인가!
사랑의 엄숙하고 외로운 사명을.

로버트 헤이든

좋아지게 되어 있다

하루 중 가장 어두운 때는 해가 뜨기 직전이다.
몹시 힘들고 우울할 때는 이렇게 생각하자.
지금이 바로 해가 뜨기 직전이라고.
이제 곧 해가 떠올라
모든 것이 환하고 따사로워질 것이다.
우리가 굳이 애쓰지 않아도
모든 것이 좋아지게 되어 있다.

월 로저스

스스로 강해지기 위하여

내 안의 불완전한 사람에게 물었다.
네가 건너려는 이 강에 대해서.
배를 타는 사람도 배가 다니는 길도 없다.
저 강둑에 쉬고 있는 사람들을 보았는가.
강도 배도 사공도 없다.
배를 끌 줄도 그 줄을 당길 사람도 없고
땅도, 하늘도, 시간도, 강둑도, 여울도 없다.

몸도 없고 마음조차 없는데
목마른 영혼 달래 줄 곳이 있다고 믿는가?
아무것도 찾을 수 없는 이 커다란 결핍!

스스로 강해져라.
자기 마음속으로 들어가라.
자기 발이 굳게 딛고 선 튼튼한 곳이 있을 것이다.
잘 생각해 보라. 다른 곳으로 떠나지 말라.
모든 쓸데없는 생각들을 버려라.
네가 있는 곳에서 굳건히 일어서라.

카비르

인생

인생은 한낮 꿈이라고 하지만
그렇게 허무한 것만도 아니다.
아침에 흩뿌린 비는
화창한 하루를 열어주고
아무리 어두운 구름도
시간이 지나면 사라지게 마련이다.

가끔 흐린 날이라 해도 종일 계속되지는 않는다.
비가 내려 장미꽃이 핀다면
왜 비가 내린다고 슬퍼하겠는가.
인생의 좋은 날들은 빠르게,
그리고 즐겁게 지나간다.
고마운 마음으로 기분 좋게 그 시간을 즐겨라.

가끔 죽음이 찾아들어
우리의 좋은 이들을 데려간다 한들 어떠리.
슬픔이 우리를 이겨
희망을 송두리째 빼앗아간들 어떠랴.

여전히 희망은 쓰러지지 않을 것이다.

그 금빛 날개 여전히 강하여

우리를 견딜 수 있게 해준다.

씩씩하게, 두려움 없이, 시련의 날들을.

마침내 용기가 절망을 이겨낼 수 있게 해준다.

영광스럽게

의기양양하게.

살롯 브론테

위험을 감수하는 것

웃는 것은 바보처럼 보이는 위험을 감수하는 것이다.
우는 것은 감상적으로 보이는 위험을 감수하는 것이다.
타인에게 다가가는 것은 휘말리는 위험을 감수하는 것이다.
감정을 표현하는 것은
진정한 자신을 드러내는 위험을 감수하는 것이다.
자신의 생각과 꿈을 대중 앞에 내보이는 것은
그것을 잃어버리는 위험을 감수하는 것이다.
사랑하는 것은
보답으로 사랑 받지 못하는 위험을 감수하는 것이다.
사는 것은 죽는 위험을 감수하는 것이다.
희망하는 것은 절망하는 위험을 감수하는 것이다.
시도하는 것은 실패하는 위험을 감수하는 것이다.

그러나 위험은 감수해야 하는 것이다.
삶에서 가장 큰 위험은
아무런 위험을 감수하지 않는 것이다.

아무 위험을 감수하지 않는 사람은
아무것도 하지 않고
아무것도 갖지 않는

아무것도 아니다.

그 사람은 고통과 슬픔을 피할 수 있을지 모르지만

전혀 배울 수도

느낄 수도

바꿀 수도

성장할 수도

사랑할 수도

살 수도 없다.

조심성의 사슬로 매여 있다면 그 사람은 노예다.

그 사람은 자신의 자유를 박탈당했다.

오직 위험을 감수하는 사람만이 진정으로 자유롭다.

자넷 랜드

내가 나의 생각을 다루니

나의 생각이 나를 다루니
세상에 불안함과 초조함이 끊이지를 않네.
내가 나의 생각을 다루니
세상에 불안함과 초조함이 사라지네.

나의 생각이 나를 다루니
세상에 불평과 불만이 끊이지를 않네.
내가 나의 생각을 다루니
세상에 불평할 것도 불만스러운 일도 없네.

나의 생각이 나를 다루니
세상에 욕구와 욕망이 끊이지를 않네.
내가 나의 생각을 다루니
세상에 욕구할 것도 욕망에 빠질 일도 없네.

나의 생각이 나를 다루니
세상에 시기와 질투가 끊이지를 않네.
내가 나의 생각을 다루니
세상에 시기할 것도 질투할 일도 없네.

나의 생각이 나를 다루니
세상에 거짓과 진실의 시비가 끊이지를 않네.
내가 나의 생각을 다루니
세상에 거짓과 진실의 시비가 사라지네.

나의 생각이 나를 다루니
세상의 구속과 속박의 굴레가 끊이지를 않네.
내가 나의 생각을 다루니
세상의 구속과 속박으로부터 자유로워지네.

누가 주인이 되어야 하는지 비로소 알겠네.

게이트

인생이란

인생이란 황금그릇에 채워질 수도 있고
질그릇에 담겨질 수도 있다.
그것이 황금그릇에 담겨져 있다고 해서
더욱 가치가 있는 것도 아니며
질그릇에 담겨져 있다고 해서
보잘것없는 것도 아니다.

본질은 변하지 않는다.
만일 어떤 사람이 '인생은 참으로 아름다운 것.
나는 이것을 담을 아름다운 그릇이 되리라' 고 한다면
그 사람은 삶에 매혹된 사람인 것이다.

하지만 만일
그의 오직 하나뿐인 항아리를
단지 황금이 아니라는 이유로
땅에 내던져 깨뜨려 버리고
안에 든 것들을 몽땅 쏟아 버린다면
그는 이미 삶의 아름다움을 잃어버린 사람이다.

펄벅

두려움 없이 진리에 깨어있으라

우리는 수많은 미신과 위선으로
둘러싸여 있기 때문에
옳은 일을 하면서도
두려움이 앞설 때가 많다.
그러므로 우리는
옳다고 믿는 것을
두려움 없이 행하는 것을
황금률로 삼아야 한다.
사방이 거짓으로 둘러싸여 있을 때에는
거짓에 사로잡혀 자신마저 기만하기 시작한다.
우리는 어떤 상황에서도
태만이나 무지로 인하여 실족하는 일이 없도록
진리에 항상 깨어있어야 한다.

간디

당신을 아프게 하는 바로 그것들

당신이 하는 것이 문제가 아니다.
당신이 하지 않고 남겨 두는 것이 문제다.

해가 질 무렵에 당신의 마음을
아프게 하는 것은 바로 그것이다.

부드러운 말을 잊었다면
편지를 보내지 않았다면
보내야 할 꽃을 보내지 않았다면
잠자리에 든 당신은 괴로울 것이다.

형제의 길 앞에 놓인 돌을 치우지 않았다면
신중히 충고해야 할 때
쓸데없을 잔소리만 늘어놓았다면
얌전하고 공손히 말하면서
사랑의 손으로 애무해야 할 때
시간이 없다는 핑계를 대면서
당신의 걱정만 생각했다면 그것이 문제다.

작은 친절의 가치
그것은 소홀히 대하기가 쉽다.
도울 수 있는 기회
그것도 소홀히 대하기 쉽다.

당신이 하는 것이 문제가 아니다.
당신이 안 하고 남겨 두는 것이 문제다.

해가 질 무렵에 당신의 마음을
아프게 하는 것은 바로 그런 것들이다.

마가렛 생스터

힘들면,
잠시 쉬어 가도 괜찮아

3

가만히 보고만 있는다

힘들면, 잠시 쉬어 가도 괜찮아

나눌 줄 알아야 높아진다

나눌 줄 알아야 높아진다.
물을 나누어 주는 구름은 드높고
물을 저 혼자 간직하는 바다는 낮은 것처럼.

인도 잠언

과거는 과거일 뿐

사람들은 좀 더 밝고 좋은 길로 나아갈 수 있는데도
과거의 어떤 죄악감에 사로잡혀
장래의 일까지 어둡게 생각하는 일이 있다.
과거는 과거로 묻어 버려야 한다.

대개 그것이 나 자신이 생각하는 것처럼
그다지 중대한 일이 아닌 경우가 많다.
그 일은 당시의 환경이나 상태에서
불가피했었노라고 스스로 용서해 버려라.
그러면 백지로 돌아가
새 출발을 할 수 있을 것이다.

사람은 과거의 어떤 잘못이 큰 장해물이 되어
자신의 장래까지 망치는 일이 많다.
또 과거의 어떤 잘못을 고민하다가
그 원인을 남의 탓으로 돌리려 한다.
잘못을 잘못대로 묻어버린다면 그 원인을
남의 탓으로 돌리지 않아도 될 것이다.

로렌스 굴드

그러나 나는

어떤 이들은
내일이 없다는 듯이 살아가라고 말합니다.
그러나 나는 그러지 않을 것입니다.
나는 내일을 기다리며
영원히 살 것처럼 생각하고 행동할 것입니다.
그래야 나의 소망이 높아지고
오늘 쌓는 작은 노력들이
더욱 소중해지기 때문입니다.

어떤 이들은
젊음은 다시 오지 않는다고 말합니다.
그러나 나는 그렇게 생각하지 않습니다.
내 젊음은 다시 찾아오지 않겠지만
내 마음의 젊음은 내 푸른 생각으로
언제까지나 간직할 수 있기 때문입니다.

어떤 이들은
인생에는 한때가 중요하다고 말합니다.
그러나 나는 그렇게 생각하지 않습니다.

삶의 한때를 통해서 보게 될 내 모습보다
평생을 통해 보게 될 모습이 더 귀하기 때문입니다.

어떤 이들은
서둘러 과일을 따서 빨리 익혀먹자고 말합니다.
그러나 나는 그러지 않을 것입니다.
나는 과일을 맛있게 익게 하는 가을 햇살이
준비되어 있다는 사실을 믿기 때문입니다.

어떤 이들은
멈추지 말고 쉼 없이 달려가라고 말합니다.
그러나 나는 그렇게 하지 않을 것입니다.
삶에 대한 순간의 긴장은 늦추지 않겠지만
생활 속의 자유를 소중히 여기며 충분한 휴식으로
활기찬 생활을 하고 싶기 때문입니다.

어떤 이들은
그냥 이대로가 좋다고 말합니다.
그러나 나는 그렇게 말하지 않을 것입니다.

나의 삶 속에는 지금보다 훨씬 더 좋은 것들이
많이 있다고 믿기 때문입니다.
어떤 이들은
시간이 없다고 말합니다.
그러나 나는 그렇게 생각하지 않습니다.
내 마음속에 확신이 가득하다면
시간은 언제라도 충분하기 때문입니다.

마사 메리 마고

어떻게 침묵해야 하는가

혀끝까지 나온 나쁜 말을
내뱉지 않고 삼켜버리는 것.
그것이 세상에서 가장 좋은 음료다.

언제 어떻게 말하는지 배우는 것도 중요하지만
더 중요한 것은
언제 어떻게 침묵해야 하는가이다.
잘못 말한 것을 후회하는 일은 많다.
하지만 침묵한 것을 후회하는 경우는 없다.
더 많이 말하고 싶어 할수록
하지 말아야 할 말을 해버릴 위험은 커진다.

'저는 모르겠습니다' 라는 말을
더 자주 하도록 혀를 훈련하라.

등 뒤에서 나를 욕하는 이는
나를 두려워하는 것이다.
면전에서 나를 칭찬하는 이는
나를 미워하는 것이다.
말은 힘이 세다.

말은 사람들을 하나로 만들기도 하지만
때로는 갈라놓기도 한다.
말로 사랑을 만들 수도
적대감을 빚을 수도 있다.

잘못된 생각을 드러내는 두 가지 행동이 있다.
말해야 할 때 침묵하는 것
그리고 침묵해야 할 때 말하는 것이다.

톨스토이

저 멀리 높은 곳

햇볕이 내리쬐는
저 멀리 높은 곳에 야망이 있다.
거기에 도달할 수 없을지도 모르지만
고개를 들어 그 아름다움을 보며,
거기에 도달할 수 있으리라는 믿음으로
열심히 노력할 수는 있다.

루이자 메이 올컷

비어 있어야 쓸모 있다

바퀴살 서른 개가 바퀴통 하나에 모이는데
그 가운데가 비어 있어야 수레로서 쓸모가 있다.
진흙을 이겨 그릇을 만드는데
그 가운데가 비어 있어야 그릇으로서 쓸모가 있다.
문과 창을 뚫고 집을 세우는데
그 가운데가 비어 있어야 집으로서 쓸모가 있다.
그러니 있음이 유익한 까닭은
없음이 작용하기 때문이다.

《도덕경》 중에서

마음은 마치 그릇과 같다

그릇에다 된장을 담으면 된장독이 되고
고추장을 담으면 고추장독이 된다.
마음에 악을 담고 도둑질을 하거나 남을 해치면
남의 손가락질을 받게 되고
마음에 선을 담고 착한 일을 하면
남의 존경을 받게 된다.
인간은 태어날 때부터 악하거나 선한 존재가 아니다.
단지 마음이 맑고 깨끗할 때
우리의 삶도 아름다울 수 있다.

《법구경》의 〈혜안품〉 중에서

사람에게 묻는다

땅에게 묻는다.
땅은 땅과 어떻게 사는가?
우리는 서로 존경한다.

물에게 묻는다.
물은 물과 어떻게 사는가?
우리는 서로 채워준다.

풀에게 묻는다.
풀은 풀과 어떻게 사는가?
우리는 서로 짜이고 얽혀 지평선을 만든다.

사람에게 묻는다.
사람은 사람과 어떻게 사는가?
사람에게 묻는다.
사람은 사람과 어떻게 사는가?
사람에게 묻는다.
사람은 사람과 어떻게 사는가?

휴틴

친구와 인생

잃어버린 친구를 대신할 만한 것은
아무것도 없다.

오랜 벗들은 만들어지는 것이 아니다.
함께 생각한 그 많은 세월
함께 당한 그 많은 괴로운 시간
그 많은 불화
화해
마음의 격동
이러한 보물만큼 값어치 있는 것은 아무것도 없다.
이런 우정들은 다시 만들어내지 못하는 것이다.

인생도 그렇다.
우리는 돈을 모으고 몇 해를 두고 나무를 심었다.
그러나 시간이 이 사업을 해체해버리고
나무를 없애버리는 그런 날들이 오는 것이다.
친구들은 하나 둘
그늘을 우리에게서 빼앗아간다.
그리고 우리들의 슬픔에는
늙어간다는 회한이 오는 것이다.

물질적인 이익만을 위해 일한다면
우리 자신이 우리의 감옥을 짓는 것이다.
우리는 살만한 가치가 조금도 없는
재와 같은 돈을 가지고
외로이 유폐되어 있는 것이다.

생텍쥐페리

젊은 수도자에게

고뇌하는 너의 가슴에만
진리가 있다고 생각하지 말라.
모든 마당과
모든 숲
모든 집 속에서
그리고 모든 사람들 속에서
진리를 볼 수 있어야 한다.
목적지에서
모든 여행길에서
모든 순례길에서
진리를 볼 수 있어야 한다.

모든 길에서
모든 철학에서
모든 단체에서
진리를 볼 수 있어야 한다.

모든 행동에서
모든 동기에서
모든 생각과 감정에서

그리고 모든 말들 속에서
진리를 볼 수 있어야 한다.

마음속의 광명뿐 아니라
세상의 빛줄기 속에서도
진리를 발견할 수 있어야 한다.

온갖 색깔과 어둠조차
궁극적으로 아무런 차이가 없다.
진정으로 진리를 본다면
진정으로 사랑하기 원한다면
그리고 행복하기를 원한다면
광활한 우주의 어느 구석에서도
진리를 만날 수 있어야 한다.

스와미 묵타난다

인간은 누구나 고통을 갖고 있다

인간은 누구나 고통을 갖고 있다.
그러나 다른 사람들 눈에 띄지 않게 하기 위해
평온한 모습으로 고뇌를 숨기고 있다.
각자 자기만을 측은히 여긴다.
각자 권태로움 속에서
자신을 불쌍히 여기는
또 다른 사람을 부러워한다.
어느 누구도 다른 사람들의 고뇌를 가늠할 수 없다.
그가 번민을 숨기듯이
다른 사람들 모두가
그들의 고뇌를 감출 줄 알기 때문이다.

모두들
눈물을 머금은 채
괴로운 마음으로 혼자 중얼거린다.
나만 빼놓고 다른 사람들은 모두 행복하지!
그러나 그들 모두는 불행하다.
그들은 극성스럽게 기도하고
외치면서 하늘나라를 향해
자신들의 운명이 변하게 해달라고 간청한다.

그러면 그들의 운명이 달라지기도 하지만

곧 또 다시 눈물을 흘리며

고통스러운 불행만을

교환하고 말았음을 깨닫게 된다.

세니에

길을 잃으면

길을 잃으면 가만히 있어라.
네 앞의 나무와
네 뒤의 관목들은 길을 잃지 않았다.
네가 지금 어디에 있든
그곳의 이름은 '여기' 이니
너는 그것을 힘센 이방인 대하듯 해야 하고
그에게 너를 소개해도 되는지,
너에게도 자신에 대해 소개해 줄 수 있는지,
그에게 물어보아야 한다.

숲은 숨을 쉰다.
들어보아라.
숲이 대답하노니,
내가 이곳을 떠나면
너는 다시 돌아오게 되리라.
하고 '여기' 가 말한다.
갈까귀에게 똑같은 나무는 하나도 없으며
굴뚝새에게 똑같은 가지는 하나도 없다.
나무나 관목들이 너를 잃어버리면
그때는 너는 정말 길을 잃는다.

가만히 있어라.

숲은 아느니,

네가 지금 어디에 있는지를.

숲이 너를 찾게 그대로 있어라.

데이비드 와그너

좁은 길

생활로 이끄는 길은 좁다.
그리고 소수의 사람들만이 그 길을 걸어간다.
대부분의 사람들은
넓은 길을 따라 걷기 때문에
그 길을 찾지 못한다.

참된 길은 한 사람만이
가까스로 지나갈 수 있을 만큼 좁다.
그 길은 여럿이 걸어갈 수 없다.
붓다나 공자나 소크라테스나 그리스도처럼
자기 자신을 위하여
그리고 우리 모두를 위하여
좁은 길을 홀로 걸었듯이
홀로 걸어가지 않으면 안 된다.

류시 말로리

작은 순간

작은 순간을 다 써버려라.
곧 그것은 사라질 테니.
쓰레기든 금이든
다시는 같은 겉모양으로 오지 않는다.
인생은 아주 짧다.

애너 퀸들런

그럼에도 불구하고

사람들은 때로 분별이 없고
비논리적이고 자기중심적이다.
그럼에도 불구하고 그들을 사랑하라.

당신이 선을 행할 때도 사람들은
이기적인 의도가 숨겨져 있을 거라고 비난할 것이다.
그럼에도 불구하고 선을 행하라.

당신이 좋은 결과를 얻었을 때
거짓 친구와 철저한 적을 얻을 것이다.
그럼에도 불구하고 성공하라.

당신이 오늘 행한 좋은 일은
내일이면 잊힐 것이다.
그럼에도 불구하고 좋은 일을 하라.

당신의 솔직함과 정직으로 인해
상처받을 수 있다.
그럼에도 불구하고 솔직하고 정직하라.

가장 위대한 이상을 품은 훌륭한 사람도
가장 악랄한 소인배에 의해 쓰러질 수 있다.
그럼에도 불구하고 위대한 꿈을 품어라.

사람들은 약자에게 동정을 베풀면서도
강자만을 따른다.
그럼에도 불구하고 소수의 약자를 위해 싸워라.

당신이 몇 년에 걸쳐 공들여 쌓은 것을
누군가 하루 밤새 무너뜨릴지도 모른다.
그럼에도 불구하고 무언가 쌓고 이뤄라.

사람들은 진정으로 도움을 원하지만
막상 도움을 주어도 고마워하지 않을 수 있다.
그럼에도 불구하고 그들을 도와라.

당신이 할 수 있는 최상의 것을 내주어도
세상의 비난을 받을 수 있다.
그럼에도 불구하고 당신이 할 수 있는 한 최선을 다하라.

켄트 M. 키스

지혜의 폭을 넓히자

산을 오르듯 인생의 하루하루를 살자.
가끔씩 정상을 바라보는 것은
목표를 마음속에 지니는 데 효과적이다.
하지만 한 걸음씩 오를 때마다
주변에 펼쳐지는 수많은 아름다운 경관을
꼭 감상해야 한다.
천천히 꾸준히 오르면서 모든 순간을 즐기자.
정상에 올라서서 아래쪽을 내려다보는 기분은
여행에서 맛보는 최고의 짜릿함과 다르지 않다.

아놀드 V. 멜셔트

안개 속에서

안개 속을 헤매는 것은 이상하다.
덤불과 돌은 모두 외롭고
나무들도 서로가 보이지 않는다.
모두가 다 혼자다.

나의 삶이 아직 밝았을 때는
세상은 친구로 가득 차 있었지만
그러나 이제 안개 드리워지니
누구 한 사람 보이지 않는다.

모든 것에서 어쩔 수 없이
사람을 조용히 떼어 놓는 어둠을 모르는 사람은
현명하다고 할 수 없다.

안개 속을 헤매는 것은 이상하다.
살아 있다는 것은 고독하다는 것
사람들은 서로를 알지 못한다.
모두가 다 혼자다.

헤르만 헤세

등짐

축사 문이 안으로 당겨야 열리게끔 되어 있다면
말이나 소 같은 동물은 절대 나가지 못한다.
문의 원리를 몰라서 굶어죽게 된다 해도 꼼짝 못한다.

목표를 이루기 위해
때로는 원치 않는 일도 해야 한다는 사실을
이해하는 존재는 인간뿐이다.
인간에게는
지적 능력이라는 귀하고 중요한 능력이 있다.
우리는 그 능력을 키우고 발전시켜야 한다.

사고하는 방식에 따라 우리는
삶에서 마주치는 모든 것을 설명한다.
이런 사고가 잘못되어 있다면
가장 명백한 진실도 빛이 바랠 수밖에 없다.
마치 달팽이처럼 자신의 낡은 생각과 관점을
등에 지고 다니는 이들이 많다.

톨스토이

멈출 수 없는 이유

바다에 사는 수많은 물고기 가운데 유독
상어만 부레가 없다.
부레가 없는 물고기는 가라앉기 때문에
잠시라도 멈추면 죽게 된다.
그래서 상어는 태어나면서부터
쉬지 않고 움직여야만 하고
그 결과 몇 년 뒤에는
바다 동물 중 가장 힘이 센 강자가 된다.

장쓰안 《평상심》 중에서

보여주려는 행복

사람들은 자기가 행복해지는 것보다
남에게 행복하게 보이려고 더 애를 쓴다.
남에게 행복하게 보이려고 애쓰지만 않는다면
스스로에게 만족하기란 그리 힘든 일이 아니다.
남에게 행복하게 보이려는 허영심 때문에
자기 앞에 있는 진짜 행복을 놓치는 수가 많다.

라 로슈푸코

모든 것은 지나간다

모든 것은 지나간다.
일출의 장엄함이 아침 내내 계속되지 않으며
비가 영원히 내리지 않는다.
일몰의 아름다움이 한밤중까지 이어지지 않는다.
모든 것은 지나간다.

하지만 땅과 하늘과 천둥,
바람과 불,
호수와 산과 물은 언제나 존재한다.
만일 그것들마저 사라진다면
인간의 꿈이 계속될 수 있을까!
인간의 환상이!

당신이 살아 있는 동안
당신에게 일어나는 일들을 받아들여라.
모든 것은 지나가 버린다.

세실 프란시스 알렉산더

힘들면,
잠시 쉬어 가도 괜찮아

4
잠시 쉬어 간다

힘들면, 잠시 쉬어 가도 괜찮아

해는 하루만 살 뿐이다

나바호 인디언들은 자녀들에게
매일 아침 해가 떠오를 때
오늘 처음 떠오르는 것이라고 가르친다.

해는 매일 아침 새로 탄생하여 하루 동안 살고
저녁에 져서 다시는 돌아오지 않는다는 것이다.

자녀들이 알아들을 나이가 되면
부모는 새벽에 그들을 데리고 나가
'해는 하루만 살 뿐이다. 너희들은 이 하루를
유용하게 살아서 귀중한 시간을
낭비하지 않도록 해야 한다' 라고 말한다.

하루하루를 귀중한 날이라고 인정하는 것은
잘 사는 길이며 우리의 근원적인 기쁨과
다시 맺어지는 유용한 길이기도 하다.

피마 초드런

잡초

인디언에게는 잡초라는 말이 없습니다.
그러나 사람들은
마음에 들지 않는 풀을 잡초라고 부릅니다.
세상에 잡초라는 것은 없습니다.
존재 이유가 없는 풀은 없다는 것입니다.
모든 풀은 존중되어야 합니다.

어느 아메리카 인디언 추장의 말

인생이 길 없는 숲 같아서

인생이
정말 길 없는 숲 같아서
얼굴이 거미줄에 걸려 간지러울 때
그리고 작은 나뭇가지가 눈을 때려
한쪽 눈에서 눈물이 날 때면
그 시절로 돌아가고 싶어진다.
이 세상을 잠시 떠났다가
다시 와서 새 출발을 하고 싶어진다.

로버트 프로스트

절벽

나를 절벽 가까이로 부르셔서 다가갔습니다.
절벽 끝으로 가까이 오라고 하셔서 더 다가갔습니다.
절벽에 겨우 발붙이고 서 있는 나를
그 아래로 밀어버리셨습니다.
나는 절벽 아래로 떨어졌습니다.
그때서야 나는
내가 날 수 있다는 사실을 알았습니다.

로버트 쉴러

당신은 잘할 수 있습니다

사는 것이 힘이 들 때가 있습니다.
어쩌면…!

'나 혼자 이런 시련을 당하고 있는지 모른다' 라는
생각을 하게 될 때도 있습니다.
그러나 잠시 뒤를 돌아보면
우리는 참 많은 시련을 잘 이겨냈습니다.

처음 우리가 세상을 볼 때를 기억하나요.
아마 아무도 기억하는 이 없을 겁니다.
그러나 우리는 그렇게 큰 고통을 이기고
세상에 힘차게 나왔습니다.

다시 한 번 생각해 보십시오.
얼마나 많은 시련을 지금까지 잘 견뎌 왔는지.
지금 당신이 힘들어 하는 것도
시간이 지나면 웃으며
'그때는 그랬지' 하는 말이 나올 겁니다.

가슴에 저마다 담아 둔 많은 사연과 아픔들

그리고 어딘가에서 수없이 많은 사람들이
함께 시련을 이겨내고 있을지도 모릅니다.

지금 당장 어떻게 하느냐에 따라서
당신이 가진 시련이 달라지거나
변화되는 것은 아닙니다.
그냥 그런 아픈 마음이 많을수록
하늘을 보고 웃어보세요.

그렇게 웃으며 차근히 하나씩
매듭을 풀어가면 됩니다.
'언제 그 많은 매듭을 다 풀지?' 라고 생각한다면
더 답답할 겁니다.
생각을 너무 앞질러 하지 마세요.

다만 앉은 채로 하나씩 풀어보는 겁니다.
그렇게 문제와 당당히 마주 앉아 풀어보면
언젠가는 신기하게도
그 매듭이 다 풀려 있을 겁니다.

그때가 되면 너무나 아무것도 아닌 일에
시련이라는 단어를 붙였었구나 하는
생각이 스쳐 지나갈 겁니다.

당장 찡그리거나 가슴 아파해서
달라지는 것이 있다면 그렇게 하세요.
그러나 그렇게 해도 달라지는 것이 없다면
힘차게 웃으며 달려가시길 바랍니다.

그리고 시간이 지난 후
풀벌레 소리와
시원한 큰 나무 밑에서 편안하게 쉬며
웃고 있을 당신의 모습을 발견하게 됩니다.

당신은 잘할 수 있습니다.

알 필요가 있는 것

당신이 꼭 어떤 사람이어야만 하는 건 아니다.
당신이 꼭 어떤 일을 해야만 하는 건 아니다.
이 세상에 당신이 꼭 소유해야만 하는 것도 없고
당신이 꼭 알아야만 하는 것도 없다.
정말로 당신이 꼭 무엇이 될 필요는 없다.
하지만 불을 만지면 화상을 입고
비가 내리면 땅이 젖는다는 것쯤은
알 필요가 있을 것이다.
그러면 살아가는 데 도움이 될 테니까.

일본 교토의 어느 선원에 걸린 글

사는 연습

걱정 없는 인생을 바라지 말고
걱정에 물들지 않는 연습을 하십시오.

알랭

절실함이 큰사람을 만든다

외로운 신하와 서자로 태어난 사람은
그들의 마음가짐이 절실할 수밖에 없다.
그 어려움을 극복하려는 생각이
다른 사람보다 깊을 수밖에 없다.
그런 사람은
남보다 큰사람이 될 수밖에 없다.

맹자

물속의 물고기도 목말라한다

물속의 물고기가 목말라한다는 말을 듣고
나는 웃는다.
진리는 그대의 집 안에 있다.
그러나 그대 자신은 이것을 알지 못한 채
이 숲 저 숲 쉴 새 없이 헤매고 있다.
여기, 바로 여기에 진리가 있다.
그대가 원하는 곳이면 어디든지 가보라.
이 도시로, 저 산 속으로….
그러나 그대 영혼을 발견하지 못한다면
세상은 여전히 환상에 지나지 않을 것이다.

카비르

지금 이 순간이 진실이다

지금 이 순간이 진실이다.

내가 피곤할 때 나는 더 이상 씨름하지 않았다.

그저 있는 그대로 받아들였다.

이 순간이 진실이다.

비행기 사고로 공항에서 6시간이나 지체할 수도 있다.

이 순간이 진실이다.

추돌사고로 자동차가 찌그러졌다.

이 순간이 진실이다.

남편이 또 늦는다.

이 순간이 진실이다.

화가 난다.

이 순간이 진실이다.

직장의 면접시험을 앞두고 긴장이 된다.

이 순간이 진실이다.

외롭다.

이 순간이 진실이다.

행복하고 만족한다.

이것도 내 앞에 놓인 현실이고 진실이다.

이것이 바로 이 순간에 내게 일어난 일이다.

좋은 일이 아니다.

나쁜 일도 아니다.

단지 지금 이 순간에 일어난 일일뿐이다.

'바로 지금 이 순간이 진실이다.' 라고 말하는 것은

그 상황에서 바라는 것을 멈추게 한다.

사람들은 이렇게 말하게 될 것이다.

'나는 남편에게 화가 났습니다. 그렇지만…

나는 그 사람이 엄청난 스트레스에

시달리는 것을 알고 있어요.'

그들은 진실을 똑바로 보고

불편한 상황을 이성적으로 판단하게 된다.

만일 '이 순간이 진실이다' 라고 인정하고

자신이 느끼는 바를 받아들이면

원하는 것이 무엇인지 알 수 있다.

나는 지금의 상황을 바랐을까?

머물러야 할까? 떠나야 할까?

내가 변화시킬 수 있는 것일까?

이 순간이 진실이라는 것을 기억한다면

기쁨에 가까이 다가갈 수 있을 것이다.

샤를로테 케이슬

나에게 던진 질문

미소 짓고
손을 건네는 행위
그 본질은 무엇일까?
반갑게 인사를 나누는 순간에도
홀로 고립되었다고 느낀 적은 없는지?

사람이 사람으로부터 알 수 없는 거리감을 느끼듯
첫 번째 심문에서 피고에게 노골적인 적의를 드러내는
엄정한 법정에 끌려나온 듯
과연 내가 타인의 속마음을 읽을 수 있을까?
책을 펼쳤을 때 활자나 삽화가 아닌
그 내용에 진정 공감하듯이
과연 내가 사람들의 진심을 헤아릴 수 있을까?

그럴 듯하게 얼버무리면서 정작 답변은 회피하고
손해라도 입을까 겁에 질려
솔직한 고백 대신 멋쩍은 농담이나 늘어놓는 주제에.
참다운 우정이 존재하지 않는
냉혹한 세상을 탓하기만 할 뿐.
우정도 사랑처럼 함께 만들어야 함을 아는지, 모르는지?

혹독한 역경 속에서
발맞춰 걷기를 단념한 이들도 있으련만.
도움의 손길을 내밀기도 전에
얼마나 많은 눈물이 메말라버렸을까?
천년만년 번영을 기약하며
공공의 의무를 강조하는 동안
단 일 분이면 충분할 순간의 눈물을
지나쳐버리지는 않았는지?

다른 이의 소중한 노력을
하찮게 여긴 적은 없었는지?
탁자 위에 놓인 유리컵 따위에는
아무도 주의를 기울이지 않는 법.
누군가의 부주의로 인해
바닥에 떨어져 산산조각 나기 전까지는.

사람에게 품고 있는 사람의 마음.
과연 생각처럼 단순하고 명확한 것이려나?

비슬라바 쉼보르스카

포기하면 안 돼

이따금 일이 잘 풀리지 않을 때
험한 비탈을 힘겹게 올라갈 때
주머니는 텅 비었는데 갚을 곳은 많을 때
웃고 싶지만 한숨지어야 할 때
주변의 관심이 오히려 부담스러울 때
필요하다면 쉬어가야지,
하지만 포기하면 안 돼.

인생은 우여곡절 굴곡도 많은 법
사람이라면 누구나 깨닫는 바이지만
수많은 실패들도 나중에 알고 보면
계속 노력했더라면 이루었을 일.
그러니 포기는 말아야지.
비록 지금은 느리지만
한 번 더 노력하면 성공할지 누가 알아.

성공은 실패와 안팎의 차이
의심의 구름 가장자리에 빛나는 희망.
목표가 얼마나 가까워졌는지는 아무도 모를 일
생각보다 훨씬 가까울지도 모르지.

그러니 얻어맞더라도 싸움을 계속해야지.

일이 안 풀리는 시기야말로

절대 포기하면 안 되는 때.

에드거 게스트

단지 지금 이 순간에 존재하기만 하면 된다

우리 모두는
자신의 마음속에서 투쟁을 벌이는 습관이 있다.
우리는 오직 미래에만 행복해질 수 있다고 믿는다.

'나는 이미 도착했다' 는 이유가 바로 여기에 있다.
우리가 이미 목적지에 도착했고
더 이상 여행할 필요가 없으며
우리가 이미 지금 이곳에 있음을 깨달을 때
우리는 평화로움과 기쁨을 누릴 수 있다.

우리가 행복해지기 위한 조건은 이미 충분하다.
우리는 단지 지금 이 순간에 존재하기만 하면 된다.

틱낫한

위대한 것은 인간의 일들이니

위대한 것은 인간의 일들이니.

나무병에 우유를 담는 일

꼿꼿하고 살갗을 찌르는 밀 이삭들을 따는 일

암소들을 신선한 오리나무들 옆에서 떠나지 않게 하는 일

숲의 자작나무들을 베는 일

경쾌하게 흘러가는 시내 옆에서 버들가지를 꼬는 일

어두운 벽난로와 옴 오른 늙은 고양이와

잠든 티티새와 즐겁게 노는 어린 아이들 옆에서

낡은 구두를 수선하는 일

한밤중 귀뚜라미들이 날카롭게 울 때

처지는 소리를 내며 베틀을 짜는 일

빵을 만들고 포도주를 만드는 일

정원에 양배추와 마늘의 씨앗을 뿌리는 일

그리고 따뜻한 달걀들을 거두어들이는 일.

프랑시스 잠

오늘 당신은

오늘 당신은 하루 종일 내리는 비를
불만스러워 할 수도 있습니다.
하지만 당신은 물을 담뿍 머금은 화초와 수목을 보며
자연의 순리에 감사할 수 있습니다.

오늘 당신은 빈약한 지갑을 보고 슬퍼할 수도 있습니다.
하지만 당신은 모자라는 돈으로
알뜰한 지출계획을 세우며 즐거워할 수 있습니다.

오늘 당신은 몸이 아파서 화가 날 수도 있습니다.
하지만 당신은 여전히 숨 쉬고 있음을 자축할 수 있습니다.

오늘 당신은 부모님이 빛나는 지위와 거액의 재산을
물려주지 않았다고 원망할 수 있습니다.
하지만 당신은 그분들에게서 생명을 얻었음에
감사할 수 있습니다.

탄줘잉

꿈의 씨앗

침묵의 명상을 통해
나는 내 내면 세계의 모든 것을 지각한다.
그것은 마치 씨앗과도 같아서
아주 작고 보잘것없어 보이지만
그 안에 모든 가능성이 내포되어 있다.

나는 그 씨앗 속에서
거대한 나무,
발전해가는 내 삶이라는 나무의 싹을 본다.

작디작은 그 하나하나의 씨앗 속에는
장차 완성될 아름드리나무의 혼이 담겨 있다.

씨앗 하나하나는 비옥한 땅 위에 떨어져
땅속의 양분을 흡수하고
가지를 뻗고 잎을 틔우며
꽃을 피우고 열매를 맺어
줄 수 있는 모든 것들을 베푸는 나무로
성장할 것임을 알고 있다.

씨앗 하나하나는 자신이 언제인가 아름드리나무가
되리라는 걸 알고 있다.
따라서 씨앗이 그토록 많다는 것은
잠재된 꿈이 그만큼 많다는 것이기도 하다.
우리 안에서도 셀 수 없는 많은 꿈들이
씨앗으로서의 생을 마감하고
싹을 틔우며 뿌리를 뻗고 자라
아름드리나무가 되는 그 순간을 기다리고 있다.

당당하게 자란 아름드리나무들은
그 견고함을 통해 우리에게 말하고 있다.
내면의 목소리를 들어보라고.
우리들의 꿈의 씨앗들이 내포한 지혜의 목소리에
귀 기울여보라고.

그들, 꿈들은 갖가지 상징을 통해
우리들에게 길을 가르쳐준다.
매 사건 속에서, 매 순간 속에서, 고통 속에서
기쁨 속에서, 성공 속에서, 실패 속에서
꿈꾸어진 모든 것들은

우리가 잠들어 있든 깨어 있든 우리에게 가르친다.

우리 자신을 들여다보라고,

우리 자신에게 귀 기울여보라고,

깨달으라고.

우리는 그렇게 성장하고 발전해간다.

그러다가 어느 날,

우리가 인생이라고 부르는

이 영원한 현재 속을 통과해가는 사이에

우리의 꿈의 씨앗들은

어느새 아름드리나무로 자라 거대한 날개처럼

활짝 하늘 위로 가지를 뻗치리라.

가지 하나하나에 우리의 과거와 미래를 한데 아우르며.

그러니 두려워할 것 없다.

장차 자신이 아름드리나무가 될 것임을 알고 있으니.

호르헤 부카이

네 젊음을 가지고 뭘 했니?

하늘은 지붕 위로 저렇듯 푸르고 조용한데,
지붕 위에 잎사귀를 일렁이는 종려나무.
하늘 가운데 보이는 종 부드럽게 우는데,
나무 위에 슬피 우짖는 새 한 마리.
아하, 삶은 저기 저렇게 단순하고 평온하게 있는 것을
시가지에서 들려오는 저 평화로운 웅성거림.
뭘 했니? 여기 이렇게 있는 너는,
울고만 있는 너는.
말해 봐, 뭘 했니?
여기 이렇게 있는 너는
네 젊음을 가지고 뭘 했니?

폴 베를렌

작은 배에 큰 돛을 달면

만일 어떤 사람이
그가 지니기에는 너무 큰 것을 갖게 되면
재난을 당하게 된다.
마치 너무도 작은 배에 너무도 큰 돛을 단다든지
너무도 작은 몸뚱이에
너무 큰 음식상을 베푼다든지
너무도 작은 영혼에
너무 큰 권력을 쥐어주게 된다면
그 결과는 뻔하다.
완전히 전복될 수밖에 없다.

아놀드 토인비

나는 배웠습니다

나는 배웠습니다.
인생의 목적지가 아니라 여정을 사랑해야 한다는 것을.

나는 배웠습니다.
인생을 산다는 것은 리허설이 아니며
장담할 수 있는 것은 단지 오늘뿐이라는 것을.

나는 배웠습니다.
세상의 모든 선(善)을 바라보고
그 중 일부를 되돌려주려고 노력해야 한다는 것을.

오래 전, 나는 사는 법을 배웠습니다.
아주 나쁜 일을 겪었습니다.
그 일로 인해 내 인생은 바뀌었습니다.
만약 내게 선택권이 있다면
이제는 인생이 바뀌는 일은 없을 것입니다.
하지만 이제 그 일로 나는 배웠습니다.
인생을 낙관적으로 바라보고 살아가야 한다는 것을.

애너 퀸들런

낙담하지 말라

인생을 살아가면서
해답이 있다면
낙담할 필요가 있겠는가.
또한 해답이 없다면
낙담하는 것이 무슨 의미가 있겠는가.

산티대바

사람의 마음

못을 박을 때는 흔들거려 빠져버릴 것을 걱정하고
못을 빼려고 할 때는 빠지지 않을까 걱정한다.
빗장을 걸 때는 단단히 잠기지 않을 것을 걱정하고
빗장을 풀 때는 쉽게 풀리지 않을까 걱정한다.
그것이 사람의 마음이다.

사람의 마음은
어떤 상황에서도 꼬리에 꼬리를 무는 걱정 때문에
한시도 근심에서 자유로울 수 없다.

류신우

해설

힘들면, 잠시 쉬어 가도 괜찮아

내가 이제야 깨달은 것은
행복은 그 산을 올라가는 시간 속에 있다는 것.
살아온 길을 뒤돌아보면 너무나 쉽고 간단한데
진정한 삶은 늘 해답이 뻔한데
왜 우리는
그렇게 복잡하고 힘들게 살아가는 것일까.

– 페페

삶은 매일매일 일어나는 작은 일들 때문에 아름답고 위대한 것입니다. 하지만 모두가 정상에 서기를 원하고 그렇게 살고 싶어 하지만 뜻대로 되지 않기 때문에 상처 받고 상처를 주면서 살아갑니다.

삶을 다 살고 나서야 깨닫게 되는 진리는 그 삶을 살아가는 과정의 시간 속에 해답이 있다고 합니다.

하지만 우리는 그것을 모른 채 언제나 그 상처를 껴안고 나만 힘든 것 같아서 괴로워하며 위로받기를 원합니다.

그것이 무슨 인생인가.

근심에 가득 차 가던 길 멈춰 서서

잠시 바라볼 시간조차 없다면.

  – 윌리엄 헨리 데이비스

  근심에 가득 차서 가던 길 멈춰 서서 잠시 바라볼 시간조차 없다면 인생이 아니라고 단언하고 있습니다. 사랑하는 사람을 잃었을 때, 곁에 아무도 없는 듯 한없이 외로울 때, 소망하던 일이 이루어지지 않아서 힘들 때는 잠시 쉬어 가도 괜찮습니다. 그리고 자신을 챙겨 주십시오. 우리가 어떤 사건을 겪든 잠시 쉰다고 해도 삶은 조금 주춤거릴 뿐 계속됩니다.

  인생에는 늘 어떤 일이 일어난다.
  그럴 때 자기 인생의 수면을 다시 맑게 하여
  하늘과 땅이 비치도록 마음을 써야 한다.

  디트리히 본회퍼는 인생은 언제나 어떤 일들이 일어나는 것이 당연하다고 말하면서 그럴 때는 오히려 고요해질 수 있도록 마음을 다하라고 조언합니다.

  힘든 마음을 위로해 주고 채워 주는 글들을 모았

습니다.

요한 폰 쉴러, 레이첼 나오미 레멘, 오쇼 라즈니쉬, 마사 레이 마고, 비슬라바 쉼보르스카 등의 소중한 글과 명언, 교황 요한 바오로 2세 집무실에 걸려 있던 글, 인도 캘커타의 마더 테레사 본부에 붙어 있는 글 그리고 국내 한 대학에서 재직하다 파킨슨병임을 선고받고 고국 필리핀으로 돌아가 삶을 정리하며 쓴 페페 신부의 글을 담았습니다. 또한 채근담, 맹자, 법구경, 숫타니파타 등이 주는 양식과 아메리카 인디언의 기도와 추장의 교훈, 터키의 수피교도가 남긴 전언, 인도의 잠언을 실었습니다.

그들은 우리에게 여유와 선한 마음으로 흔들리는 자신을 쓰다듬으면서 지금을 살아가라고 말합니다. 세상을 살면서 한번쯤 막막하지 않은 사람은 없습니다. 마음이 힘든 현재와 미래에 대한 두려움에 망설일 때도 있습니다. 하지만 베드로시안은 세상에서 '아무도 걸어본 적이 없는 그런 길은 없다'며 힘을 내라고 합니다.

이 책의 시들은 잠언시입니다. 잠언은 늘 가까이 두고 새기고 싶은 교훈이 담긴 말입니다. 세상을 살아가면서 추구해야 할 삶의 지혜를 담은 것으로 단순히 세상을 사는 처세술과는 그 내용이 사뭇 다릅니다. 습관과 본능으로 삶을 살아가며 겪은 경험과 실패, 그리고 아픔. 그것들을 통해 얻은 검증된 삶의 지혜라고 볼 수 있습니다.

힘들고 지칠 때, 혹은 살아온 시간을 돌아보면서 새로운 삶을 살고 싶을 때 이 책이 위로와 힘이 되어 주기를 바랍니다.

한상현

아무도 걸어본 적이 없는 그런 길은 없다.
어둡고 험난한 이 세월이
비슷한 여행을 하는 모든 사람들에게
도움과 위로를 줄 수 있기를.

이 책에 실린 원고 중 일부는 원작자를 찾지 못했습니다.
이가출판사로 연락해 주시면 다시 허락을 받고 원고료를 지불하겠습니다.